Für:

Von:

ellermann

Originalausgabe

ellermann im Dressler Verlag · Hamburg

Einbandillustrationen von Catharina Westphal
Druck und Bindung: PNB Print Ltd., „Jansili", Silakrogs, LV-2133 Ropažu novads, Lettland
Printed 2019
ISBN 978-3-7707-0166-7

www.ellermann.de

Weil ich dich so mag

♥ Freundschaftsgeschichten ♥

ellermann im Dressler Verlag GmbH · Hamburg

Inhalt

Tatz und Tiger

Allerbeste Freunde

Dort, wo der Wald aufhört und die Wiesen anfangen, gibt es eine besonders schöne Höhle. Hier wohnt Tatz, der Braunbär.

Es ist warm. Tatz sitzt vor seiner Höhle. Der Frühling geht bald in den Sommer über. Der Wald ist grün und die Luft riecht so gut. Ein kleiner Bach plätschert in der Nähe. Das alles gefällt Tatz sehr. Aber etwas fehlt! Tatz seufzt und guckt in den Himmel. Hoch oben fliegen zwei Vögel. Sie fliegen zusammen hin und her und im Kreis herum. Schön sieht das aus! Als ob sie spielen oder tanzen.
»Ich hab's«, sagt Tatz. »Ich brauche einen Freund oder eine Freundin. Zu zweit ist alles noch schöner!«

Da hört Tatz eine leise Stimme: »Keiner will dein Freund sein. Du bist der Größte hier im Wald. Alle haben Angst vor dir!«
Eine kleine Maus hat das gesagt und verschwindet – husch, husch – im hohen Gras.
Oh, Tatz ist ganz erschrocken. Alle haben Angst vor ihm?
»Ich tu doch keinem was«, murmelt er. »Ich bin groß, aber ich hab noch nie Ärger gemacht. Noch nie!«

Traurig geht Tatz in seine Höhle. Er muss jetzt Schokoladentee mit ganz viel Honig trinken und einen Schokoladenkeks essen. Das hilft immer, wenn er traurig ist. Und ein Nickerchen hilft auch.

Als Tatz die Augen wieder aufschlägt, ist er sofort hellwach. Und sofort fällt ihm ein, was er heute tun will: einen Freund suchen und finden! Vielleicht stimmt es gar nicht, was die Maus gesagt hat.
»Mäuse sind klein und manchmal gemein«, brummt Tatz. »Und sie wissen bestimmt nicht über alles Bescheid!«
Er wird ganz sicher einen Freund finden. Heute oder morgen oder übermorgen.

Tatz packt seinen Rucksack: Schokoladenkekse, eine Flasche Himbeersaft, eine Taschenlampe und Pflaster und eine Salbe für den Notfall packt er ein. Dann spaziert er los.

Das erste Tier, das Tatz begegnet, ist ein Fuchs.
»Hallo! Wie geht's?«, sagt Tatz.
Der Fuchs schaut ihn grimmig an und fragt: »Was willst du von mir?«
»Ich suche einen Freund«, sagt Tatz. »Du vielleicht auch?«

»Du liebe Güte«, schnaubt der Fuchs.
»Ich brauche keinen Freund. Ich brauche etwas zum Fressen!«
Mit einem Riesensatz springt er durch die Büsche davon.
»Der braucht keinen Freund?«, murmelt Tatz. »So ein dummer Fuchs!«
Er schüttelt den Kopf und geht langsam weiter. Aufmerksam schaut er nach rechts und nach links.

Plötzlich hört Tatz etwas. Da weint doch jemand! Da, hinter dem dicken Busch! Leise schleicht Tatz sich heran. Ein Hase sitzt dort. Er hat superlange Ohren. An einem Ohr ist eine Wunde.
»Es tut so weh!«, schluchzt der Hase.
»Oje, oje«, sagt Tatz und nimmt seinen Rucksack ab.

Er reicht dem Hasen einen Schokoladenkeks und die Flasche mit dem Himbeersaft.
»Diese Medizin hilft immer!«, sagt Tatz.
Wie recht er hat! Der Hase schmatzt und schlürft.
Dann versorgt Tatz das verletzte Hasenohr mit Salbe und Pflaster.
»Vielen Dank«, ruft der Hase. »Du bist ein netter Bär!«

Tatz freut sich. Er will gerade fragen, ob der Hase sein Freund sein möchte, da taucht ein anderer Hase auf. Ein Hasenmädchen!
»Liebster Poppel, ich habe dich schon gesucht«, sagt es und guckt erschrocken auf das Pflaster.
»Keine Angst«, sagt der Hase und zeigt auf Tatz. »Er hat mir super geholfen! Mir geht's gut!«

Das Hasenmädchen lächelt Tatz dankbar an. Dann machen die beiden noch einen Handstand vor Tatz und – hoppelpoppel – weg sind sie.
Tatz ist ein bisschen traurig, dass die Hasen sich so schnell verabschiedet haben. Aber über etwas ist er sehr froh: Die beiden hatten keine Angst vor ihm!
Was die Maus gesagt hat, stimmt also nicht. Es ist nicht wichtig, ob einer groß oder klein ist.
Tatz wird sicher einen Freund finden!

Langsam spaziert er weiter durch den Wald. Die Sonne scheint hell durch die Zweige der Bäume, Vögel zwitschern hoch in der Luft und viele kleine Käfer krabbeln über den Waldboden.

Tatz erfindet ein kleines Lied und brummt es zufrieden vor sich hin:

»Trali, trala, der Fri-, der Fra-,
der Frühling, der ist da.
Das ist so tri, so tra, so trallala.
Ein Freund dazu, das ist doch klar,
das wäre wi-, das wäre wa-,
das wäre einfach wunderbar!«

»Verflixtes Trallala«, schimpft jemand von oben. Auf einem Ast hockt eine Eule mit großen, leuchtenden Augen.

»Du hast mich geweckt!«, sagt sie etwas freundlicher. »Ich muss schlafen, damit ich in der Nacht wach bin. Also Ruhe!«

»Entschuldigung«, sagt Tatz und steht ganz still. Er hat doch nur ein Lied gebrummt, er will doch niemanden stören oder ärgern. Im Gegenteil: Er sucht einen Freund! Aber das kann er der Eule nicht mehr erklären. Sie schläft schon wieder und schnarcht sogar ein bisschen.

Betrübt läuft Tatz weiter. Nach einer Weile wird es sumpfig unter seinen Füßen. Und noch ein Stück weiter kommt Tatz zu einem Tümpel. Er reibt sich die Augen. Das sitzt ein Kater, der gestreift ist wie ein kleiner Tiger, und hält eine Angel ins Wasser!

»Hallo!«, ruft der Getigerte.
»Auch hallo!«, ruft Tatz und geht zu ihm. »Ich heiße Tatz. Was machst du da?«
»Ich backe Kekse«, sagt der Kater und grinst verschmitzt.
Tatz grinst zurück. Dieser Kater gefällt ihm!

»Ich heiße Tiger«, sagt der Kater. »Was machst du hier?«
»Ich suche einen Freund«, sagt Tatz schnell.
»Wozu?«, fragt Tiger.
»Zum Spielen«, sagt Tatz. »Und zum Keksebacken und zum Kitzeln und zum Kraulen und zum Angeln!«
»Hier beißt aber kein einziger Fisch an«, sagt Tiger.
»Das ist nicht schlimm!« Tatz lacht und setzt sich neben den Kater.

»Ich kann dein Freund sein«, sagt Tiger. »Sogar dein allerbester. Willst du das?«
»Jaaa«, sagt Tatz. Sein Bärenherz klopft vor Freude. Und – eins, zwei, drei – packt er seine Kekse und den Himbeersaft aus. Sie essen und trinken zusammen, bis kein Krümel und kein Tropfen mehr übrig ist.

Dann springt Tiger auf, legt sich seine Angel über die Schulter und sagt:

»Es wird bald dunkel. Ich muss noch einen Schlafplatz suchen!«

»Ich hab eine Höhle am Waldrand«, sagt Tatz, »eine große Höhle! Du kannst bei mir wohnen. Willst du das?«

»Jaaa!«, sagt Tiger und strahlt. »Jippieh!«

Nun marschieren die zwei den Weg zurück, den Tatz allein gekommen ist. Tatz leuchtet mit seiner Taschenlampe.
Unterwegs bleibt Tiger einmal stehen und guckt ganz ernst. »Wenn wir uns zanken, Tatz, was machen wir dann?«
»Allerbeste Freunde vertragen sich dann wieder«, sagt Tatz.
»Ja«, sagt Tiger. »So machen wir das!«

Jan und Julia im Kindergarten

Früher hat Mama gearbeitet. Seit
Jan und Julia geboren wurden, ist
sie bei ihnen zu Hause geblieben.
Doch jetzt sind Jan und Julia schon
groß, und Mama möchte wieder
arbeiten gehen.
Deshalb hat sie die beiden im
Kindergarten angemeldet.
Jan freut sich. Julia hat ein
bisschen Angst.

Am Morgen müssen Jan und Julia genauso
früh aufstehen wie Mama und Papa.
Jan beeilt sich. Schnell ist er fertig und
sitzt schon am Frühstückstisch.
Julia würde am liebsten im Bett bleiben.
Papa muss sie anziehen.

Mama hat Brote mit Käse und Wurst gemacht. Die legt sie in eine Box und packt noch Obst dazu.
Jan und Julia setzen ihre Rucksäcke auf. Jan stopft schnell seinen Teddy hinein.
Dann steigen alle ins Auto, und Papa fährt los.

»Wie schön, dass ihr zu uns kommt«, sagt die Erzieherin zu Jan und Julia. »Ich bin Hanna. Ihr kommt in meine Gruppe. Wir sind die Sonnenblumen.«
Die andere Erzieherin heißt Sabine. Julia will nicht, dass Mama weggeht, aber Mama und Papa müssen ja zur Arbeit.

Hanna zeigt Jan und Julia, wo sie ihre
Jacken aufhängen können. Jedes Kind
hat einen Haken mit einem kleinen Tier.
Jan bekommt eine Ente, und Julia
bekommt ein Pony.
Die Schuhe müssen auch hierbleiben.
Jan und Julia ziehen ihre Hausschuhe an,
die Mama in den Rucksack getan hat.

Im Gruppenraum spielen viele Kinder.
Jan spielt gleich mit. Sein Teddy fährt mit der Eisenbahn.
Das macht Spaß.
Julia ist bockig. Ein Mädchen hat einen Turm gebaut.
Den stößt Julia um.
Das Mädchen haut Julia.
Da läuft Julia weg und versteckt sich.

Alle Kinder suchen Julia, aber keiner kann sie finden.
Schließlich macht sie »Piep« und kommt hervor.
Jetzt verstecken sich die anderen, und Julia darf suchen.
Beim Frühstück sitzt Julia neben dem Mädchen,
das sie vorhin gehauen hat. Es heißt Laura und ist nett.

Alle ziehen ihre Jacken und Schuhe an und rennen hinaus.
Sie toben herum, bis Hanna ruft: »Kommt mit, wir gehen in den Park!«
Die Kinder laufen zu zweit hinter Hanna her.
Laura nimmt Julia an der Hand.
Ganz am Schluss geht Sabine und passt auf, dass niemand verloren geht.

Es ist Herbst, und die Blätter fallen runter. Hanna erklärt, welches Blatt von welchem Baum ist. Sie hat einen Beutel mitgenommen.
Die Kinder sammeln bunte Blätter, bis der Beutel voll ist. Damit wollen sie am Nachmittag etwas basteln.
Julia findet einen Pilz. Den schenkt sie Laura.

Zum Mittagessen gibt es Nudeln mit Tomatensoße.
Das mögen alle Kinder gern.
Jan isst zwei große Teller voll.
»Gleich platze ich«, sagt er.

Jetzt ist es Zeit für den Mittagsschlaf. Im Traumzimmer ist es fast dunkel.
Die Kinder holen sich Decken und legen sich auf die Matten.
Jan nimmt seinen Teddy in den Arm. Er soll auch schlafen.
Julia sagt: »Aber ich bin gar nicht müde.«
Da darf sie zu Hanna in die Kuschelecke.

Am Nachmittag basteln die Kinder. Aus Karton schneiden sie Masken aus und bekleben sie mit den Blättern, die sie im Park gesammelt haben.
Dann machen sie mit den Masken einen wilden Tanz.
Das macht Spaß.
Manche Kinder kleben lieber Tiere, einen Fisch oder einen Igel.

»Gleich ist Schluss für heute!«, ruft Hanna.
Bevor die Kinder abgeholt werden,
setzen sich alle in die Kuschelecke.
Dort liest Hanna ihnen eine Geschichte vor.
Alle hören gespannt zu.
Wie schade, dass die Geschichte so schnell
zu Ende ist.

Draußen wartet Mama schon.
Sie gibt Jan und Julia einen Kuss und fragt:
»Wie war es denn?«
»Gut«, sagt Jan. »Mein Teddy ist gleich dageblieben.«
Und Julia sagt: »Ich hab schon eine Freundin.
Ich geh jetzt jeden Tag in den Kindergarten!«

Kasimir backt

Wer klopft denn da
an Kasimirs Fenster?

Es ist Frippe. Er will Kasimir gratulieren. Der hat nämlich heute Geburtstag.

Kasimir freut sich sehr. Er will Frippe etwas anbieten. Aber was?

Frippe hat doch dauernd Hunger.
»Wir backen einen Kuchen!«

Das ist Kasimirs
Küche. Hier gibt
es viele Töpfe, Holzlöffel
und Schalen. Das meiste hat
Kasimir von seiner Großmutter
bekommen. Die konnte sehr gut
kochen. Aber wonach suchen sie eigentlich?

Natürlich nach Großmutters altem Notizbuch! Darin hat sie alle Rezepte aufgeschrieben und darin steht auch, wie man Frippes Lieblingskuchen backt.

Bevor man mit dem Backen anfängt, sollte man das Rezept genau durchlesen. Und dann nachgucken, ob auch alle Zutaten im Haus sind, die man braucht.

Zuerst holt Kasimir Butter.
Die lässt er in einem
Stieltopf schmelzen.

Dann holt er ein Paket
mit Paniermehl

den Pinsel

und die Kuchenform.

Die Kuchenform pinselt Kasimir mit ein wenig geschmolzener Butter ein. Frippe soll die Form gut mit Paniermehl einreiben. Erst kippt er ein bisschen hinein. Dann schwenkt er die Form so, dass sich die Krümel überall verteilen und an der Butter kleben bleiben.
Inzwischen hat Kasimir den Backofen eingeschaltet.

Dann holt Kasimir

Zucker

Eier

und die alte
Rührschüssel.
(Er braucht bald
wirklich eine neue!)

Kasimir schlägt die Eier in die Schüssel. Frippe schüttet den Zucker dazu.
Jetzt holt Kasimir den Elektromixer und schlägt die Eier und den Zucker. Er rührt lange mit dem Mixer, bis die Teigmasse schaumig und fast weiß ist.

Jetzt holt Kasimir

Backpulver Vanillezucker und Mehl …

… und vermischt alles sorgfältig in einer Schale.

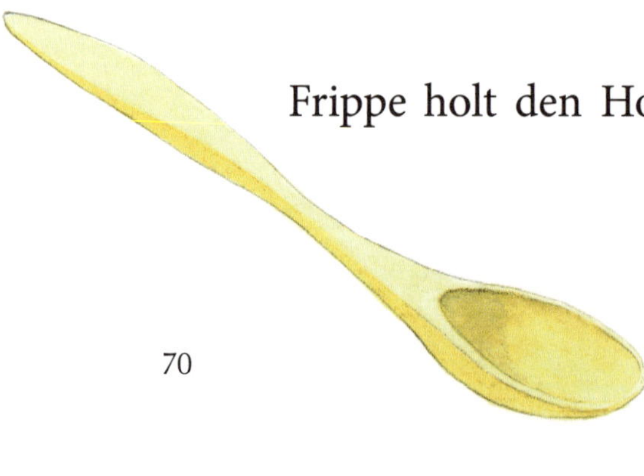

Frippe holt den Holzlöffel

und die Milch.

Zuerst verrührt Kasimir die Milch und die geschmolzene Butter mit der Eischaummasse. Dann schüttet Frippe das Mehl, den Vanillezucker und das Backpulver aus der Schale dazu. Kasimir verrührt alles zu einem glatten Teig.

Kasimir und Frippe füllen den Teig in die Kuchenform.

Etwas ist übrig geblieben in der Schüssel. Lecker, findet Frippe!

Jetzt kommt der Kuchen
in den Backofen.
Vorsicht! Heiß!

Kasimirs Backofentür hat eine Glasscheibe. Durch die kann man zugucken, wie der Kuchen gebacken wird.
»Genau wie im Fernsehen«, sagt Frippe.
Kasimir stellt den Wecker ein, damit sie nicht vergessen, wenn der Kuchen fertig ist.

Aber wie es hier aussieht!
Am besten, sie waschen sofort ab.
Das schaffen sie, bevor der Kuchen fertig ist.

Jetzt ist der Kuchen fertig. Er muss noch eine Weile abkühlen, bevor sie ihn auf einen Teller stürzen können.

Frippe breitet ein Stück Torten-
papier über den Kuchen …

… dann legt er einen Teller
auf das Papier …

… und jetzt wird es schwer:
Kasimir dreht alles um, sodass
die Kuchenform zuoberst liegt.

Simsalabim! Guck mal,
wie schön der Kuchen
geworden ist.

Jetzt holt Kasimir ein Tischtuch, Saft, Gläser, Teller, Servietten und ein Messer, mit dem er den Kuchen schneiden will. Dann decken sie den Tisch.
Aber was ist das? Es hat an der Tür geklingelt.

»Zum Geburtstag viel Glück,
zum Geburtstag viel Glück …«
»Schnell, Frippe, stell mehr Teller und
Gläser auf den Tisch«, sagt Kasimir.

Wie gut, dass sie einen
Kuchen gebacken haben!
Er hat für alle gereicht
und prima geschmeckt.

Kasimirs Kuchen

80 g geschmolzene Butter oder Margarine
200 g Zucker
2 Eier
200 g Weizenmehl
2 Teelöffel Backpulver
2 Teelöffel Vanillezucker
⅛ Liter Milch
(Paniermehl für die Form)

1. Die Butter in einem Topf schmelzen lassen.
2. Die Kuchenform mit Butter einpinseln.
3. Paniermehl in der Form gleichmäßig verteilen.
4. Eier und Zucker schaumig schlagen.
5. Mehl, Backpulver und Vanillezucker in einer kleinen Schüssel mischen.
6. Milch und die geschmolzene Butter unter die Eischaummasse rühren.
7. Jetzt Mehl, Backpulver und Vanillezucker zugeben und alles zu einem glatten Teig verrühren.
8. Den Teig in die Form füllen und circa 40 Minuten bei 180° C backen.

Mondschein Maluna

Eine magische Freundschaft

Guten Abend, kleiner Schatz.

Weit, weit weg im fernen Zauberwald steht ein großer, alter Nussbaum. Hoch oben in seinem Stamm gibt es eine Höhle. Hier hat die kleine Gutenacht-Fee Maluna Mondschein ihr Nest. Es ist das kuscheligste Feennest, das du dir vorstellen kannst. Dort gibt es ein winziges Himmelbett mit tausend weißen Glitzerkissen, eine kleine … oh, warte mal … Gerade fällt mir ein, dass du ja vielleicht noch gar nicht weißt, wo der geheimnisvolle Zauberwald überhaupt ist? Gut, dann erkläre ich dir den Weg dorthin. Ganz von Anfang an und direkt von da aus, wo du gerade bist.
Der geheimnisvolle Zauberwald ist wirklich ziemlich weit weg und liegt sehr gut verborgen. Guck mal aus dem Fenster, endlos in die fernste Ferne, so weit, wie dein Auge sehen kann. Von dort aus muss man das Gleiche noch mal machen und dann noch mal. Und schon ist man im Zauberwald.

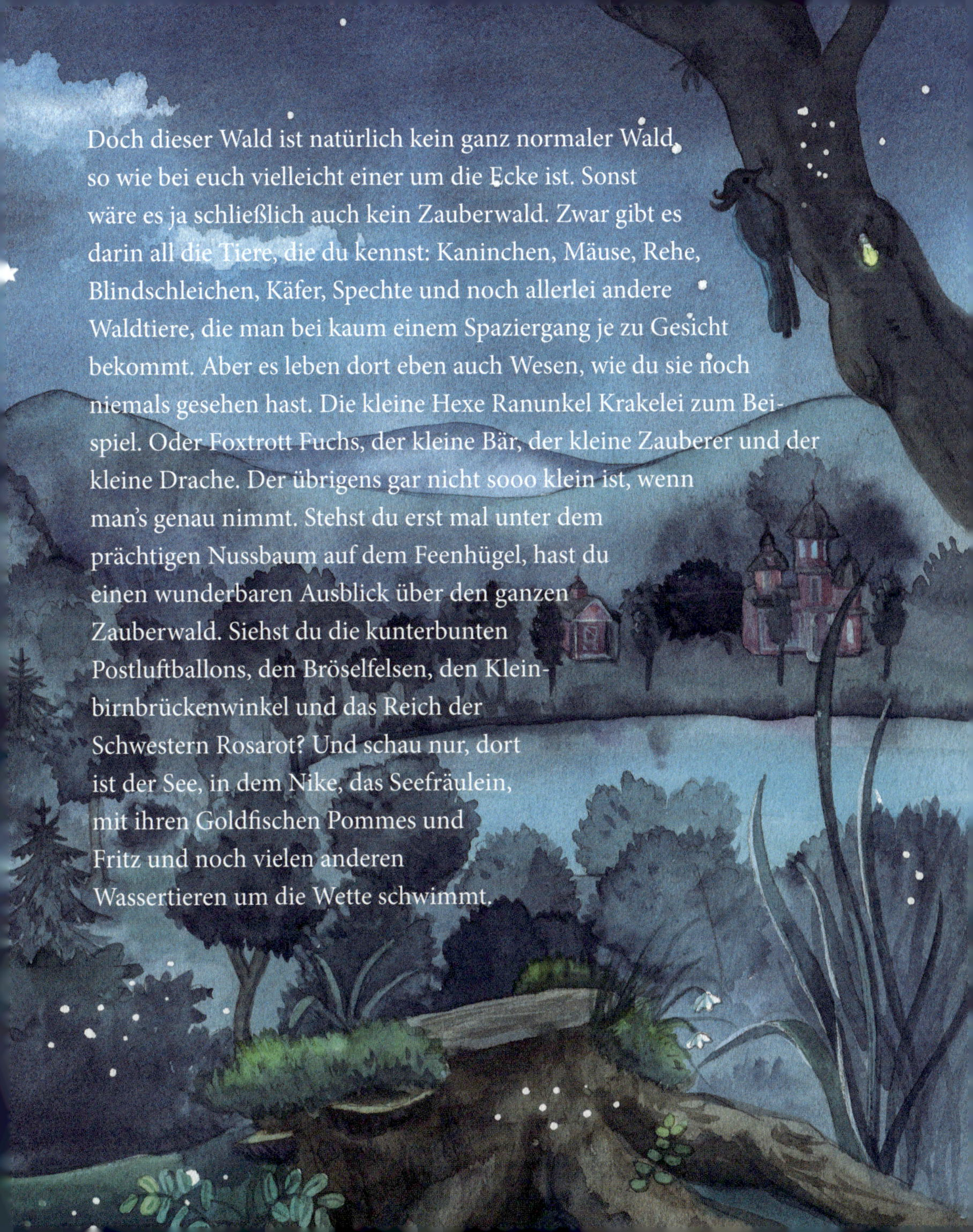

Doch dieser Wald ist natürlich kein ganz normaler Wald, so wie bei euch vielleicht einer um die Ecke ist. Sonst wäre es ja schließlich auch kein Zauberwald. Zwar gibt es darin all die Tiere, die du kennst: Kaninchen, Mäuse, Rehe, Blindschleichen, Käfer, Spechte und noch allerlei andere Waldtiere, die man bei kaum einem Spaziergang je zu Gesicht bekommt. Aber es leben dort eben auch Wesen, wie du sie noch niemals gesehen hast. Die kleine Hexe Ranunkel Krakelei zum Beispiel. Oder Foxtrott Fuchs, der kleine Bär, der kleine Zauberer und der kleine Drache. Der übrigens gar nicht sooo klein ist, wenn man's genau nimmt. Stehst du erst mal unter dem prächtigen Nussbaum auf dem Feenhügel, hast du einen wunderbaren Ausblick über den ganzen Zauberwald. Siehst du die kunterbunten Postluftballons, den Bröselfelsen, den Kleinbirnbrückenwinkel und das Reich der Schwestern Rosarot? Und schau nur, dort ist der See, in dem Nike, das Seefräulein, mit ihren Goldfischen Pommes und Fritz und noch vielen anderen Wassertieren um die Wette schwimmt.

Und wenn du dich jetzt ganz leise umdrehst und am mächtigen Stamm des Nussbaums entlang nach oben blickst, entdeckst du einen kleinen Vorsprung. Das ist Maluna Mondscheins Landepilz. Dahinter, guck, ist eine winzige Haustür zu sehen. Nur ganz wenige Menschen dürfen überhaupt wissen, wo Maluna ihr geheimes Feennest hat. Jetzt gehörst du auch dazu. Aber pscht!!!, nicht weitersagen, versprochen?
Und nun machen wir es einfach wie immer. Wir klopfen an das Türchen und statten Maluna Mondschein einen Besuch ab. Denn ich finde, es gibt fast nichts Schöneres auf der Welt, als sich mit der kleinen Gutenacht-Fee zu treffen und ihren Geschichten zu lauschen, findest du nicht auch?
Gut, also los geht's.
Haben wir noch was vergessen?

Aber ja, du musst dich richtig mummelkuschelig zudecken und es dir gemütlich und bequem machen. Denn ich habe irgendwie das Gefühl, dass Maluna uns dieses Mal nicht nur Gutenacht-Geschichten erzählt, sondern *gute Nachtgeschichten*. Dunkel und geheimnisvoll, verstehst du?
Denn heute ist Vollmond im Zauberwald, und an Vollmond kommt Malunas Wolf sie besuchen. Und was machen die beiden dann?
Na, sie machen das, was am allermeisten Spaß macht. Und was macht am allermeisten Spaß? Das ist für Maluna ganz und gar mondklar: In den Mond gucken und Geschichten erzählen! Und da wollen wir natürlich zuhören.
Aber: Wir müssen ganz, ganz leise sein, denn Maluna hat uns zwar erlaubt zuzuhören, aber nur, wenn wir ganz still sind! Sonst scheucht sie uns mir nichts, dir nichts aus dem Zauberwald …
Also, pssst!

Und da ist er auch schon! Malunas Wolf. So einen kuschelig-lieben Wolf hast du sicher noch nie gesehen. Lass uns jetzt ganz still sein und zuhören, welche Geschichte uns der Wolf erzählt!

»Hrem, hrem, hrem«, der Wolf räuspert sich. Er braucht offensichtlich noch ein wenig Zeit zum Nachdenken. Vielleicht muss er sich die Geschichte auch gerade erst ausdenken, das kann man nicht wissen. Aber so ganz allmählich werden sogar wir ungeduldig.
»Nun erzähl schon«, drängeln wir.
Ups …!
Pscht, gaaanz still, hoppla, wir haben gar nix gesagt, lalala …
»Hast du das gehört?«, fragt der Wolf.
»Was gehört?«, will Maluna wissen. Dabei macht sie große, unschuldige Feenaugen. »Bestimmt war das nur der Wind. Oder eins dieser Wollpulloverschafe. Aus der MENSCHENWELT!!! Bäh, mäh.«
Ui, wir müssen uns nachher bei Maluna bedanken, dass sie uns nicht verraten hat.
»Aaalso«, beginnt der Wolf. »Als ich vor ein paar Tagen nach dem Abendessen …«
»Was gab's?«, unterbricht ihn Maluna.

Oh, gut, das hätte ich jetzt auch gefragt.
»Schokoladeneis und Salzstangen, wie immer mittwochs«, erklärt der Wolf. »Also. Jedenfalls habe ich nach dem Abendessen noch einen kleinen Spaziergang gemacht.«
»Warum?«, fragt Maluna.
»Äh«, sagt der Wolf, »weil ich mittwochs nach dem Abendessen immer noch einen kleinen Spaziergang mache.«
»Hm.« Maluna schweigt. »Gut«, sagt sie nach einer Weile. »Weiter.«
»Ich gehe also spazieren, nach meinem Abendessen aus Salzstangen und Schokoeis, wie immer mittwochs, da sehe ich über dem Haus der Schwestern Rosarot einen …«

»Dann war das aber ein ziemlich langer Spaziergang«, fällt Maluna ein. »Von dir bis zu den Schwestern Rosarot, das sind ja mindestens …«

»Fee?«, unterbricht sie der Wolf. »Warte mal. Willst du eine heile Geschichte oder eine Schnipselgeschichte?«

»Schnipselgeschichte«, erwidert Maluna, ohne zu zögern. »Dann dauert sie länger.«

»Ach so«, erwidert der Wolf. »Verstehe. Gut. Ich bin also auf diesem sehr langen Spaziergang, mitten in der Woche, nach Salzeis und Schokostangen …«

»Salzstangen und Schokoeis«, verbessert Maluna.

Der Wolf knurrt. »Meinetwegen. Über dem Haus der Schwestern Rosarot schwebt etwas. Ich kann nicht genau erkennen, was es ist, und gehe etwas näher heran.«

»War es arg dunkel?«, fragt Maluna.

»Stockdunkel, kein einziger Stern«, erwidert der Wolf. »Aber das Ding über dem Schlösschen leuchtete …«

»… rosa«, beendet Maluna den Satz.

»Richtig. Rosa. Und es war groß. Fast so groß wie das ganze Haus der Schwestern Rosarot.«

»Oh.« Maluna staunt. »Lass mich raten. Es war ein fliegender Baum. Nein. Ein fliegendes Schiff auf dem Weg von einem Ozean in den nächsten. Und über Nikes See ist wieder eine Schatzkiste heraus-geplumpst. Dann kam Nike angeschwommen und …«

»Stopp, stopp, stopp«, der Wolf schüttelt den Kopf. »Das wird ja jetzt eine ganz neue Geschichte.«

Maluna nickt. »Eben. Dann wird sie noch länger.«
»Nee«, der Wolf schüttelt den Kopf. »Wir können ruhig meine Geschichte zerschnipseln, aber wir basteln nicht noch eine andere, neue dran.«
»Abgemacht«, sagt Maluna und kreuzt hinter ihrem Rücken die Finger.
»Das schwebende rosa Riesengerät war, und jetzt halt dich fest …«, sagt der Wolf und macht eine Kunstpause. »Aua! Das ziept.«
»Was denn?«, fragt Maluna unschuldig.
»Du hast doch gesagt, ich soll mich festhalten.«
»Aber doch nicht an meinen Barthaaren!« Der Wolf niest. Das muss er immer, wenn etwas an seinen Schnauzhaaren ziept.
»Das schwebende rosarote Riesending war …«, erinnert die kleine Fee.
»… war?«, sagt der Wolf abwartend.
»Mama Drache!«, ruft Maluna. »In einem neu gefärbten rosa Rüschenkleid.«
»Genau«, sagt der Wolf.

»Och.« Maluna klingt enttäuscht. »Das war ja einfach.«
»Reingelegt«, ruft der Wolf.
»Echt jetzt?« Maluna klatscht in die Hände. »Mondregenbogenfunkel aber auch.«
Der Wolf lächelt zufrieden. »Also, noch mal ganz von vorne. Ich gehe am Mittwoch nach dem Abendessen mit Eis und, äh, Dings, einen Spaziergang machen und sehe über dem Haus der Schwestern …«

»Weiter!«, drängelt Maluna. »Was war es denn nun?«

»He, du wolltest doch eine Schnipselgeschichte«, verteidigt sich der Wolf.

»Aber doch nicht sooo kleine Schnipsel«, sagt Maluna. »Wir sind ja schon fast bei Konfetti. Also?«

»Es war ein … Zeppelin!«

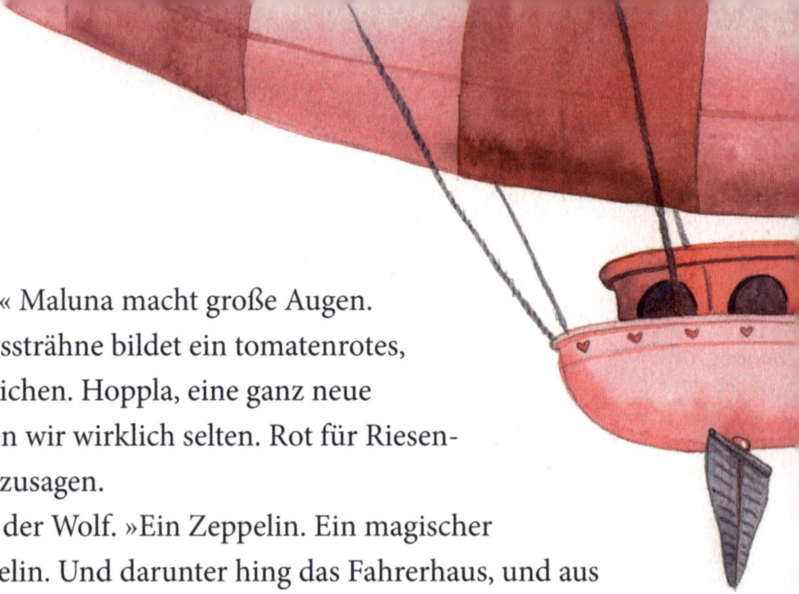

»Ein Zeppelin?« Maluna macht große Augen.
Ihre Stimmungssträhne bildet ein tomatenrotes, rundes Fragezeichen. Hoppla, eine ganz neue Farbe. Die sehen wir wirklich selten. Rot für Riesen-Ratlosigkeit, sozusagen.
»Ja«, antwortet der Wolf. »Ein Zeppelin. Ein magischer knallrosa Zeppelin. Und darunter hing das Fahrerhaus, und aus dem Fahrerhaus heraus …«
»Guckte eine pinke Maus«, dichtet Maluna.
»Quatsch.« Der Wolf schüttelt den Kopf. »Eine Strickleiter. Und an der baumelte Schwester …«
»Rot?«, schlägt Maluna vor.
»Rosa«, verbessert der Wolf. »Schwester Rot stand unten und hielt die Strickleiter fest. Und kommandierte ihre arme Schwester herum.«
»Typisch«, kommentiert die kleine Gutenacht-Fee.
»Schwester Rosa kraxelte mit einem Rucksack immerzu hoch und runter. Oben bekam sie etwas hineingesteckt, schüttete es unten in eine von Schwester Rots Schubkarren, kraxelte wieder hinauf und immer so weiter.«
»Konntest du sehen, was … und konntest du sehen, wer …«, haucht Maluna, denn mit dem Auftauchen eines magischen Zeppelins mit

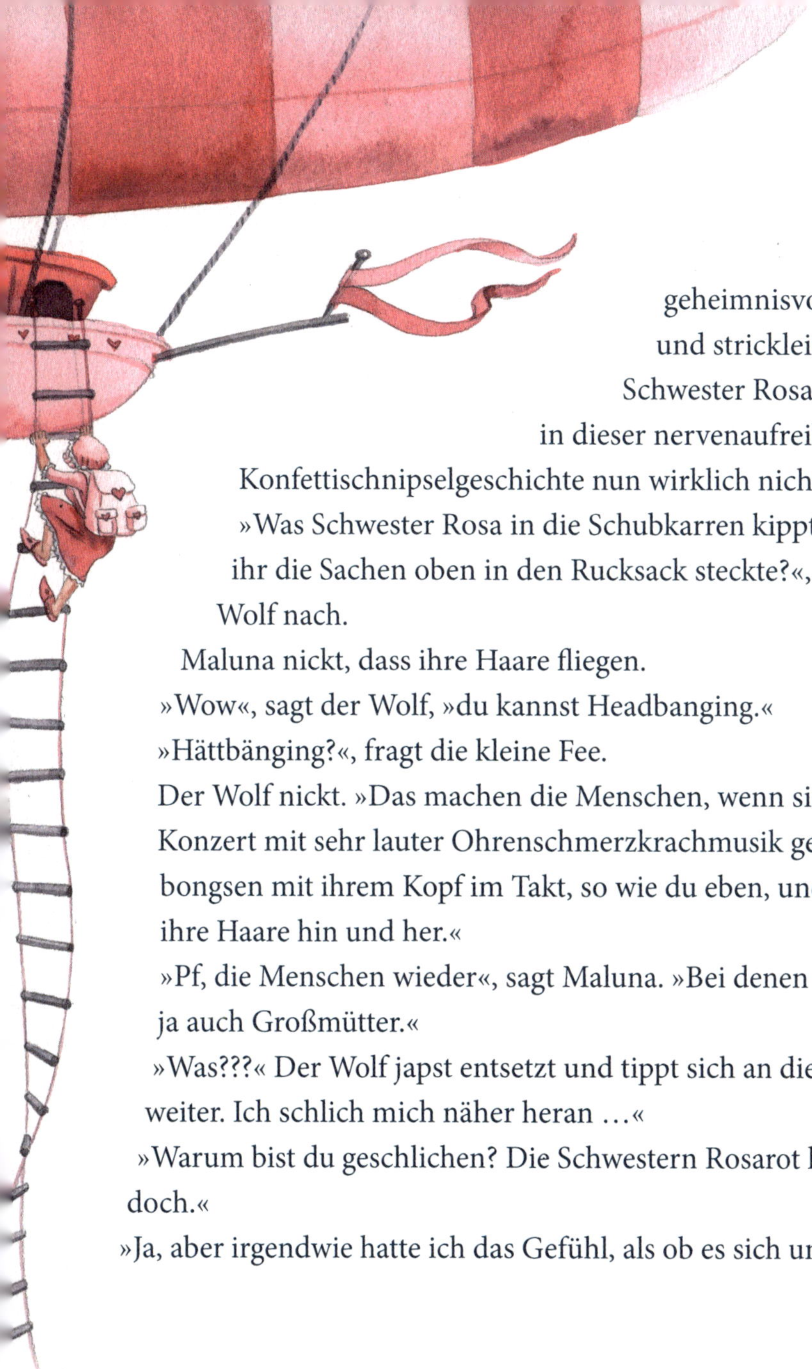

geheimnisvoller Fracht
und strickleiterkletternder
Schwester Rosa hätte sie
in dieser nervenaufreibenden
Konfettischnipselgeschichte nun wirklich nicht gerechnet.

»Was Schwester Rosa in die Schubkarren kippte? Und wer ihr die Sachen oben in den Rucksack steckte?«, hakt der Wolf nach.

Maluna nickt, dass ihre Haare fliegen.

»Wow«, sagt der Wolf, »du kannst Headbanging.«

»Hättbänging?«, fragt die kleine Fee.

Der Wolf nickt. »Das machen die Menschen, wenn sie in ein Konzert mit sehr lauter Ohrenschmerzkrachmusik gehen. Sie bongsen mit ihrem Kopf im Takt, so wie du eben, und schleudern ihre Haare hin und her.«

»Pf, die Menschen wieder«, sagt Maluna. »Bei denen fressen Wölfe ja auch Großmütter.«

»Was???« Der Wolf japst entsetzt und tippt sich an die Stirn. »Also weiter. Ich schlich mich näher heran …«

»Warum bist du geschlichen? Die Schwestern Rosarot kennen dich doch.«

»Ja, aber irgendwie hatte ich das Gefühl, als ob es sich um eine sehr geheime Geheimaktion handelte, so mitten in der Nacht und ohne Sterne, verstehst du?«

Maluna nickt. »Ich kann mir schon denken, was es damit auf sich hatte. Bestimmt haben die beiden irgendwelche Spezialzutaten und Rosazauberzeug bestellt. Und das war eine Lieferung.«

»Exakt. Als der Zeppelin die Strickleiter schon wieder eingezogen hatte und sich die Schwestern Rosarot über die Verteilung der Pakete stritten, fiel mir nämlich plötzlich ein kleines rosafarbenes Päckchen direkt vor die Füße. Mitten aus dem Nachthimmel heraus. Wahrscheinlich hat der Bote es einfach über Bord geworfen, weil Schwester Rosa es vergessen hatte.«

»Und?« Maluna hält den Atem an. »Was war drin?«, quetscht sie heraus.

»Tja«, antwortet der Wolf. »An diesem Mittwoch, es gab Salzbrezeln und Vanilleeis, da ging ich noch eine Runde spazieren. Es war ein langer Weg, ich lief und lief … und lief. Uuund lief … bis zu den Schwestern Rosarot muss man …«

»Wolf! Mach schon«, ruft Maluna ungeduldig. »Du hast es doch aufgemacht, oder? Hast du doch?«

»Äh …«, sagt der Wolf und denkt nach. »Hab ich?«

»Jaaa!!!«, ruft die kleine Fee. »Klar!«

»Also, ich weiß nicht …«, der Wolf zögert. »Es war ja schließlich nicht für mich gedacht.«

»Aber du hast es doch wenigstens mal in die Hand genommen und geschüttelt«, bettelt Maluna und rüttelt an Wolfs Pfote.

»Ja, gute Idee«, sagt der Wolf erleichtert. »Ich hab es genommen und geschüttelt. *Absender: WeltWeitesWolkenWerk* stand drauf. Und weißt du was …?«

»Was?«, japst Maluna. Vor lauter Neugier kann sie nicht mehr still sitzen und flirrt dem Wolf in ungeduldigen Kreisen über dem Kopf herum.

»Es hatte einen durchsichtigen Deckel!«

»Einen durchsichtigen Deckel?« Die kleine Fee kreischt fast vor Aufregung. »So ein Glück! Und? Was hast du gesehen?«

Und da der Wolf ein guter Mondgeschichtenerzähler ist und ein prima Schnipselgeschichtenerfinder und ein noch besserer Konfettischnipselgeschichtenerzähler, fängt er dort an, wo man anfängt, wenn man jemanden auf die Folter spannen will. Nämlich ganz am Anfang.

»Also«, sagt der Wolf deshalb, »nach meinem Abendessen aus Chips und Gummibärchen, irgendwann mitten in der Woche, war es ein Mittwoch oder ein Donnerstag?, ich weiß es nicht mehr genau, da hatte ich Lust auf einen kleinen Verdauungsspaziergang. Und wie ich so strolcht' durch den finsteren Tann …«

»Wooolf!« Maluna packt ein Barthaar und beginnt daran zu ziehen.

»Auuuutsch«, jault der Wolf, »ist ja schon gut.«

»Ich lass erst los, wenn du sagst, was in der Schachtel war.«

»Überredet«, sagt der Wolf. »Es war …«, er senkt seine Stimme zu einem rauen Flüstern.

»Rpschsch, schrreeh, schrooh, rpschsch«, versteht man hinter den Bäumen in unserem Versteck.

Och nein, jetzt flüstern die beiden! Man kann ja gar nicht hören, was sie reden!

»Wirklich? Ehrlich? Ohne Quatsch?«, ruft jetzt die kleine Gutenacht-Fee und fliegt einen Salto. »Das war drin? So was will ich auch haben!«

Okay, wir bleiben ganz ruhig.

Das Allererste, was wir nachher tun werden, wenn der Wolf sich wieder auf den Heimweg gemacht hat, ist, Maluna zu fragen, was in der Box war, versprochen.

»Hab ich mir schon gedacht, dass du auch so eins willst«, sagt der Wolf. »Ich kenne doch meine Fee.« Dann erhebt er sich und schüttelt die letzten Regentropfen aus seinem Fell. »Hoch mit dir, ich bring dich nach Hause«, sagt er, und Maluna macht es sich auf seinem Rücken gemütlich.

»Und wie ging die Geschichte weiter?«, will Maluna wissen, während der Wolf leise durch den Wald trabt.

»Ich habe das Päckchen artig bei den Schwestern Rosarot abgegeben und bin nach Hause gegangen, Ende der Geschichte.«

»Und da kommt jetzt auch nix mehr?«, fragt Maluna. »Kannst du nicht noch ganz genau beschreiben, *wie* du heimgegangen bist? Wie viele Schritte und was du so alles gedacht hast und wen du getroffen hast, an welchen Pflanzen du vorbeigekommen bist und welche …«

»Leider. Absolutes Ende. Und ich muss jetzt auch los … Bis bald, Lieblingsfee«, sagt er und schleckt Maluna zum Abschied blitzschnell übers Gesicht.

»Schon wieder«, schimpft Maluna, »bluäh!« Doch sofort schlingt sie ihre Arme um seine Schnauze und drückt einen dicken Feenkuss

darauf. Anschließend flattert sie auf den höchsten Ast des Nussbaums hinauf und winkt dem Wolf so lange hinterher, bis er sicherlich schon halb zu Hause angekommen ist. Dann baumelt die kleine Gutenacht-Fee noch eine ganze Weile mit den Beinchen, während sie versonnen in den Mond starrt.

»Bis bald, Lieblingswolf«, murmelt sie dabei. »Bis ganz, ganz bald.«

Dann öffnet sie eine fast unsichtbare Klappe im Stamm ihres Feenbaumes, tritt hinein und ist verschwunden.

Ende.

Okay, ich weiß schon.
Ich möchte auch unbedingt wissen, was es mit dieser seltsamen Geheimtür auf sich hat. Führt sie vielleicht in ein Treppenhaus? Außerdem wollten wir Maluna ja fragen, was genau in der geheimnisvollen rosa Box aus dem WeltWeitenWolkenWerk drin war. Versprochen.
»Huhu, Malunchen, bist du noch wach?«
Oh, sieh nur, da, wie friedlich ihr Köpfchen auf dem Kissen ruht. Nein, falsch. Sie liegt zwar im Bett und schläft. Aber falsch rum. Mit den Füßen auf dem Kopfkissen. Fast wie Pippi Langstrumpf, nur ohne Schuhe.
Tja, da kann man wohl nichts machen.
Lassen wir sie schlummern.

Am besten, wir gehen auch schlafen.
Und träumen zusammen eine ruhige, silberne Mondgeschichte.
Und ganz vielleicht kommt darin ja auch vor, was in der geheimnisvollen Schachtel mit dem durchsichtigen Deckel war.

Der kleine König

Keine Angst, kleine Prinzessin!

»Wollen wir zu Grete in den Pferdestall gehen?«, fragt der kleine König seine Cousine. Die kleine Prinzessin ist nämlich heute zu Besuch.
»Ta waren wir toch schon so oft!«, sagt sie. »Tein Schloss ist so kroß, ich hap noch länkst nicht alles kesehen!«
»Dann gehen wir ins Turmzimmer und verkleiden uns«, schlägt der kleine König vor.
Das gefällt der kleinen Prinzessin. Im Turmzimmer steht eine große Truhe mit alten Kleidern und Stoffen. Damit kann man herrlich spielen. Doch plötzlich macht die kleine Prinzessin einen Satz nach hinten.
»Iiih!«, kreischt sie. Genau vor ihrer Nase lässt sich eine Spinne vom Dachbalken herunter.

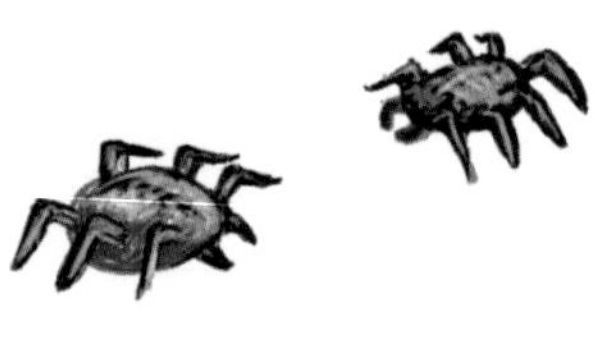

Der kleine König kichert. »Fürchtest du dich etwa vor Spinnen?«, fragt er.
»Tas tue ich nicht!«, behauptet die kleine Prinzessin. Aber sie will jetzt doch lieber woanders spielen.
»Ist gut«, sagt der kleine König. »Dann komm mit in den Schlosskeller.«
Erleichtert läuft die kleine Prinzessin hinter ihm die Treppen hinunter.
»Guck mal, was ich kann!«, ruft der kleine König im Vorratskeller und balanciert einen Apfel auf der Stirn.
»Tas kann ich auch!«, sagt die kleine Prinzessin. Doch plötzlich lässt sie den Apfel fallen.
»Uuuh!«, ruft sie entsetzt. »Hast tu tas kesehen? Mir ist eine Maus üper ten Fuß kelaufen!«

»Du fürchtest dich also doch!«, sagt der kleine König.
»Solche Krappeltiere finte ich epen eklik«,
erklärt die kleine Prinzessin.
»Na gut. Komm mit in den Garten«,
sagt der kleine König. »Dort können
wir Verstecken spielen.«

Der kleine König sucht zuerst. Er findet die Cousine hinter der roten Gartenbank. Dann ist die kleine Prinzessin dran.
»Ich komme!«, ruft sie.
Vom kleinen König ist nichts zu sehen. Die kleine Prinzessin sucht hinter den Bäumen und im Pferdestall. Allmählich wird es dunkel. Auf den Kieswegen hallen ihre Schritte und seltsame Schatten huschen vorbei.
Da springt der kleine König aus dem Gebüsch.
»Buh, ich bin ein Gespenst!«, ruft er.
Die kleine Prinzessin schreit auf: »Aaah!«

»Hast du wirklich Angst im Dunkeln?«, fragt der kleine König.
»Na ja«, flüstert die kleine Prinzessin. »Ankst hap ich nicht, aper es ist toch ein pisschen unheimlich hier!«
Der kleine König überlegt.

»Wenn es dir überall unheimlich ist, können wir ja nirgends spielen«, sagt er.
Doch dann hat der kleine König eine Idee. »Oder doch! Komm mal mit!«, sagt er und läuft zum Schuppen.

Dort ist es schummrig. Die kleine Prinzessin schaut sich vorsichtig um.
»Warte, wo habe ich es denn«, murmelt der kleine König und wühlt in einer Truhe. »Da ist es ja! Hier, kleine Prinzessin. Jetzt musst du dich nie mehr gruseln!«
Er schenkt der kleinen Prinzessin eine Taschenlampe.
»Damit kannst du besser sehen!«
Außerdem bekommt sie eine kleine Wasserspritze.
»Damit kannst du alle frechen Krabbeltiere verjagen!«
Zuletzt überreicht der kleine König seiner Cousine noch eine Trillerpfeife.
»Unt wofür ist tie?«, fragt die kleine Prinzessin.
»Damit kannst du mich immer zu Hilfe rufen«, verspricht der kleine König.
»Tanke, tas ist wirklich liep von tir«, sagt die kleine Prinzessin.

Auf dem Weg zurück zum Schloss hört die kleine Prinzessin ein Geräusch. Und etwas hat ihren Arm gestreift! Blitzschnell schaltet sie die Taschenlampe ein. Sie spritzt Wasser in alle Richtungen und trillert mit ihrer Trillerpfeife.

»Halt, halt«, ruft der kleine König. »Willst du mein Nachthemd zu Tode erschrecken?«

Da muss die kleine Prinzessin lachen.

»Tu pist kanz schön mutik, kleiner Könik«, sagt sie. »Kipt es tenn kar nichts, vor tem es tir kraust?«

»Also, wenn es dunkel ist, raschelt und krabbelt, dann fürchte ich mich nicht«, sagt der kleine König. »Aber es gibt etwas viel Schlimmeres im Schloss und davor habe ich schon ein bisschen Angst.«

»Ja? Was ist tas tenn?«, fragt die kleine Prinzessin.

»Ich habe Angst vor ... vor dem wilden Wu!«, gesteht der kleine König, während sie zurück zum Schloss gehen. »Der heult und jault! Er saust immer im Kreis herum und bringt alles zum Wackeln – das ist furchtbar!«
»Unt wo ist tieser Wu?«, fragt die kleine Prinzessin neugierig.
»Na, hier, mitten im Schloss, neben der Küche!«, antwortet der kleine König. »Und zwar noch gar nicht so lange!«
»Lass mich mal kucken!«, fordert die kleine Prinzessin und folgt dem kleinen König durch die Küche in die Wäschekammer. Vor der Waschmaschine bleiben sie stehen.
»Da drin wohnt er!«, erklärt der kleine König. »Pass auf, gleich kommt er.«

Die kleine Prinzessin schüttelt den Kopf.
»Also, vor teinem Wu fürchte ich mich pestimmt nicht!«, sagt sie. »Lass ten nur kommen.«
Zusammen beobachten sie die Waschmaschine, in der sich harmlos plätschernd die Wäsche dreht. Dann wird das Wasser abgepumpt. Und nun geht es tatsächlich los!
Es rumpelt und pumpelt und heult und dröhnt.

»Ist tas ter Wu?«, schreit die kleine Prinzessin.
»Ja!«, brüllt der kleine König zurück.
Da hört die Maschine auf zu rumpeln. Stattdessen poltert es jetzt in ihrem Innern.
»Hörst tu tas auch, kleiner Könik?«, ruft die kleine Prinzessin. »Tas ist jetzt aper nicht mehr ter Wu!«
»Nicht?«, fragt der kleine König. »Wer denn dann?«
»Na, ter Klopfer!«, sagt die kleine Prinzessin.

»Ter Klopfer will ten Wu verhauen«, erklärt die kleine Prinzessin, »unt tann jakt er ihn tavon.«

»Also so was«, sagt der kleine König erleichtert. »Dann heult der Wu nur, weil er verhauen wird, der Arme!«

Und nun hat die kleine Prinzessin eine gute Idee. Sie wühlt lange in der Holzkiste, die in einer Ecke der Wäschekammer steht. Endlich hält sie ein Klötzchen in die Höhe.

»Tas ist tie Lösunk«, ruft sie fröhlich. »Komm, kleiner Könik, hilf mir mal! Tieser Zauperkeil muss jetzt nämlich unpetinkt unter tie Waschmaschine!«
Mit großer Anstrengung kippt der kleine König die Maschine nach hinten. Schnell schiebt die kleine Prinzessin den Keil unter den rechten Fuß der Waschmaschine. Und – oh Wunder – schon rumpelt es nicht mehr. Die Maschine schnurrt so friedlich wie das Kätzchen Tiger. Der kleine König atmet auf.

»Wus wohnen üprikens nur in Maschinen, tie schief stehen«, sagt die kleine Prinzessin. »Unt wenn man sie wieter kerate stellt, tann verschwinten tie Wus.«
In diesem Augenblick klappert draußen der Mülleimerdeckel.
»Hör mal«, sagt der kleine König, »ich glaub, jetzt hat er ein neues Zuhause!«
»Hm«, macht die kleine Prinzessin. »Tann muss er aper auch einen anteren Namen krieken.«
»Wie soll er denn heißen?«, fragt der kleine König.
»Wie wär's mit Müllmän?«, sagt die kleine Prinzessin und kichert. »Weil er nämlich kleine Könike kerne mit Pananenschalen und anteren Apfällen pewirft.«

»Das findest du wohl lustig!«, ruft der kleine König empört. »Oder ... willst du mich etwa auf den Arm nehmen?«
Die kleine Prinzessin kichert noch mehr und blinkt den kleinen König mit der Taschenlampe an. Aber der holt sich nun auch eine Lampe, eine Trillerpfeife und eine Wasserspritze. Und dann jagt er seine freche Cousine quer durch das Schloss, treppauf und treppab.
»Ich bin eine Riesenspinne und will dich fressen!«, schreit er.
Die kleine Prinzessin trillert auf ihrer Pfeife. »Unt ich pin ter wilte Wu!«, heult sie und flitzt davon.

Die königliche Riesenspinne und die wilde Wu-Prinzessin machen bei ihrer Jagd durch das Schloss so ein Spektakel, das sich alles, was zwei, vier oder mehr Beine hat, im hintersten Winkel versteckt – und sich vor morgen früh auch nicht mehr blicken lässt!

Kleine

Freundschafts-geschichten

zum Vorlesen

Der Ball

Jan und Lars sind dicke Freunde, schon lange. Einmal spielen sie auf der Wiese am Bach Fußball. Lars steht im Tor. Jan nimmt Anlauf und kickt. Der Ball ist so schnell, dass Lars ihn nicht halten kann. Der Ball fliegt an ihm vorbei und landet im Bach. Jan und Lars rennen sofort ans Ufer. Aber sie sehen nur noch, wie der Ball auf dem Wasser davontreibt.

»Mein schöner Ball«, jammert Jan. »Er ist noch ganz neu. Ich hab ihn erst vor zwei Wochen bekommen.«
»Pech, jetzt ist er fort«, sagt Lars.
»Den kriegen wir nicht mehr.«
Jan ist sauer. »Du hättest ihn ja auch halten können«, meint er.
»Na, du hast ihn doch selber ins Wasser gekickt«, sagt Lars.
Sie schauen einander böse an.
»Ich will einen neuen Ball von dir«, verlangt Jan.

Lars tippt sich an die Stirn.
»Du spinnst ja.«
Dann trennen sie sich im Streit.
In den nächsten Tagen gehen sich Jan und Lars aus dem Weg. Wenn sie sich zufällig begegnen, beachten sie sich gar nicht.
Nachmittags langweilt sich Jan. Nicht einmal das Fernsehen macht Spaß. Gar nichts macht mehr Spaß. Dauernd muss Jan an Lars und an den blöden Streit denken.
»Willst du dich nicht mal wieder mit Lars treffen?«, fragt Mama eines Mittags. »Hm«, brummt Jan.
Aber er zieht seinen Anorak an.
Da läutet es. Vor der Tür steht Lars. Er hat einen Fußball in der Hand und strahlt.
»Ich hab das ganze Bachufer abgesucht. Hier ist dein Ball wieder.«
»Danke«, sagt Jan.
Und dann strahlt auch er.
»Und – was ist?«, fragt Lars.
»Wollen wir Fußball spielen?«
»Klar«, ruft Jan. »Aber diesmal geh ich ins Tor!«

Tom Flitzblitz

Zum Geburtstag hat Tom einen Roller bekommen. Der blitzt und ist schnell wie der Wind. Tom ist sehr stolz darauf.

»Fahr vorsichtig«, sagt Mama und gibt Tom seinen Fahrradhelm.

»Klar«, antwortet Tom. Er setzt den Helm auf und übt mit dem Roller auf dem Gehweg vor dem Haus. Nach einer Weile geht es schon ganz gut, und er darf um den Block fahren, immer auf dem Gehsteig.

Mit jeder Runde wird Tom mutiger.

»Hier kommt Tom Flitzblitz!«, ruft er laut und fährt schnell und schneller. Da ist schon die Kurve. Ehe Tom richtig mitbekommt, was passiert, liegt er auf dem Pflaster.

»Hast du dich verletzt?«, fragt eine freundliche alte Frau.

Tom kennt sie. Mama und er haben sie schon öfter beim Einkaufen getroffen. Sie wohnt ganz in der Nähe.

Die alte Frau gibt Tom die Hand und hilft ihm beim Aufstehen. Toms rechtes Knie tut weh, und er ist ganz zitterig. In der Hose ist außerdem ein Riesenloch. Eigentlich will Tom gar nicht heulen. Trotzdem laufen ihm die Tränen übers Gesicht. Die alte Frau tröstet ihn. Sie fragt ihn, wo er wohnt. Dann nimmt sie den Roller und schiebt ihn nach Hause, während Tom neben ihr herhumpelt.

»Danke, dass Sie meinem Sohn geholfen haben«, sagt Mama zu der alten Frau.

Tom bekommt von Mama ein großes Pflaster.

Nach ein paar Tagen ist sein Knie geheilt. Mama kauft einen Blumenstrauß für die alte Frau, dann geht sie zusammen mit Tom zu ihr. Die alte Frau freut sich sehr. Mama und Tom müssen Kuchen essen. Die alte Frau erzählt viele Geschichten von früher.

Tom hört gespannt zu.

»Komm doch mal wieder«, sagt die Frau zu Tom, als sie sich verabschieden.

»Dann bin ich nicht so allein.«

»Darf ich?«, fragt Tom.

Mama nickt.

Jetzt weiß Tom, dass er eine neue Freundin gefunden hat.

Sandkuchen und Meerestorte

Mia macht mit Mama und Papa Urlaub am Meer. Wenn sie nicht badet, buddelt Mia voller Begeisterung im Sand. Der ist viel weißer als zu Hause auf dem Spielplatz. Nur schade, dass Mia noch niemanden kennt, mit dem sie spielen kann.
Da hat sie eine Idee. Sie malt ein Gesicht in den Sand, dann Hals, Bauch, zwei Arme und zwei Beine. Jetzt ist ihr neuer Freund fertig. Er sieht ernst aus, findet Mia. Vielleicht ist er hungrig. Also backt sie für ihn leckeren Sandkuchen – einen, zwei, ganz viele.
Plötzlich steht neben ihr ein blonder Junge.
»Wie heißt du?«, fragt er.
»Mia«, antwortet Mia. »Und das ist Uwe.« Sie zeigt auf die Figur im Sand.
»Aha«, sagt der Junge. »Ich bin Kai. – Was ist das?« Er deutet auf die kleinen Sandtürme.
»Sieht man doch«, sagt Mia. »Sandkuchen für Uwe.«
»Hm«, macht Kai. »Ob er vielleicht lieber eine Meerestorte will? Oder Muschelpudding?«
Mia muss grinsen.

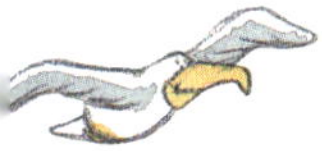

»Wir können es ja mal ausprobieren.«
Kai fängt an zu backen, Mia hilft ihm. Die Torte wird mit Kieselstreuseln und Möwenfedernsahne verziert.
Und den Muschelpudding gibt es in Weiß, Rosa und Orange.
»Köstlich«, sagt Mia mit verstellter Stimme und malt Uwe einen großen, lachenden Mund.
»Ich werde dieses Café weiterempfehlen.«
»Ja, bei Kai und Mia gibt es herrliche Sachen«, sagt Kai. »Bei meiner Mama übrigens auch.«
Er deutet auf einen Strandkorb in der Nähe. »Magst du Schokokuchen?«
Mia nickt. Kai läuft los und kommt mit zwei Kuchenstücken zurück.
»Hhm«, macht Mia, als sie im Sand sitzen und essen. »Den sollten wir in unserem Strandcafé auch anbieten.«
»Ja, und Algeneis und Tangschnitten«, meint Kai.
»Am besten jeden Tag etwas anderes«, sagt Mia. »Bis wir wieder nach Hause fahren.«
Kai nickt. »Einverstanden.«

Sandra und die Schildkröte

Sandra geht mit ihrem Opa im Wald spazieren. Er zeigt ihr verschiedene Bäume und Pflanzen. »Das ist eine Eiche und das hier ein Steinpilz.«
Sandra ist gern im Wald. Es gibt so viel zu sehen. Plötzlich ruft sie aufgeregt: »Schau mal, da läuft ein Stein!«
Aber es ist kein Stein. Es hat vier Beine und einen Kopf. Es ist – eine Schildkröte!

»Die ist bestimmt irgendwo ausgerissen«, meint Opa. Sandra und Opa nehmen sie mit nach Hause.
»Darf ich die Schildkröte behalten?«, bettelt Sandra.
»Zuerst müssen wir versuchen herauszufinden, wem sie gehört«, antwortet Opa. »Wenn wir niemanden finden, kann sie bei uns bleiben.«
Zu Hause bauen Opa und Sandra für die Schildkröte im Garten einen Auslauf. Sie nehmen dazu Holzlatten und ein Drahtgitter. Nachts schläft die Schildkröte im Keller, in einer Kiste mit Heu. Am liebsten frisst die Schildkröte Salat und Klee.

Aber sie mag auch Tomaten. Sandra könnte ihr den ganzen Tag zugucken. »Sie muss endlich einen Namen bekommen«, meint sie. »Ich werde sie Theodor nennen.«
Opa und Sandra fragen überall in der Nachbarschaft, ob jemand eine Schildkröte vermisst. Sie hängen auch einen Zettel an die Pinnwand im Supermarkt.
Aber niemand ruft an, dem die Schildkröte gehört. Sandra ist glücklich. Jetzt darf sie die Schildkröte behalten.
Theodor hört inzwischen auf seinen Namen. Wenn Sandra ihn ruft und ihre Hand ausstreckt, kriecht er herbei. Er weiß, dass er dann aus dem Auslauf gehoben wird und im Garten herumlaufen darf.
Sandra passt auf, damit er nicht wieder ausreißt.
»Eine Schildkröte kann sehr alt werden«, sagt Opa. »Sie kann viele Jahre dein Freund sein.«
Das hofft Sandra auch. Sie möchte Theodor nie, nie wieder hergeben!

Tante Bine

Heute holt Tante Bine Jonas vom Kindergarten ab.
»Mama musste mit Sascha in die Klinik«, erkkärt sie. Sascha ist Jonas' kleiner Bruder.
Im Auto riecht es komisch.
»Was stinkt da so?«, fragt Jonas, als er auf den Kindersitz klettert.
»Das ist mein Parfüm«, antwortet Tante Bine.
Jonas sagt: »Ächz.«
Da muss Tante Bine laut lachen. Jonas hat gedacht, dass Tante Bine gar nicht lachen kann. Sie guckt sonst immer so ernst.
Aber jetzt kitzelt sie Jonas am Bauch. Der kringelt sich vor Lachen. »Aufhören, aufhören!«
Tante Bine hört mit dem Kitzeln auf und setzt sich hinters Steuer.
»Was willst du essen?«, fragt sie unterwegs. »Spinat?«
»Ächz«, macht Jonas wieder.
»Oder Spiegeleier?«
Das klingt schon besser.
»Du kannst mir beim Kochen helfen«, sagt Tante Bine zu Hause. Eier aufzuschlagen macht Spaß. Leider klatscht das zweite Ei auf den Küchenboden.
»Macht nichts!« Tante Bine wischt den Eiermatsch auf.
Dann ist das Essen fertig. Jonas macht aus den Eiern mit Ketchup Gesichter. Sie bekommen Bartstoppeln aus Schnittlauch. Das sieht lustig aus und schmeckt gut. Jonas darf Saft aus einem Weinglas trinken.

Nach dem Essen hören sie eine CD und tanzen, bis sie nicht mehr können. Jonas kuschelt sich aufs Sofa. Tante Bine holt eine Decke und legt sich dazu. Es ist so gemütlich. Jonas gibt Tante Bine einen Kuss auf die Wange.
Tante Bine lacht. »Jetzt wasche ich mich nicht mehr, damit dein Kuss nicht abgeht.«
Bald darauf ruft Mama an. Sie ist mit Sascha aus der Klinik zurück. Es geht ihm schon wieder besser. Tante Bine bringt Jonas nach Hause.
»Du kannst mich gern öfter vom Kindergarten abholen«, meint Jonas. »Am liebsten jeden Tag.«

Anna und Pommi

Heute darf Anna mit Mama und Papa in den Zoo. Sie ist begeistert.
So viele Tiere! Die Eisbären, die Affen und die Pinguine! Aber am besten gefallen ihr die Elefanten. Auch ein Elefantenbaby ist dabei. Es heißt Pommi.
Mama kauft Futter, damit Anna die Elefanten füttern kann.
Sie ist aufgeregt, als der erste Elefantenrüssel über den Zaun kommt und ihre Finger berührt. Ganz vorsichtig nimmt er das Futter aus ihrer Hand.
Anna ist stolz. Sie hat überhaupt keine Angst gehabt!
Jetzt drängen sich die anderen Elefanten vor. Bald ist die Futtertüte halb leer. Nur Pommi hat noch nichts bekommen.
»Ich will auch Pommi füttern«, sagt Anna. »Der muss ja noch wachsen!«
Papa hilft ihr, ihn beiseite zu locken. Jetzt ist genug Abstand zwischen ihm und den großen Elefanten. Pommis kleiner Rüssel kommt über den Zaun und greift nach dem Futter. Anna füttert jetzt nur noch Pommi, bis die Tüte leer ist. Am liebsten würde sie ihn mit nach Hause nehmen.
Mama und Papa versprechen ihr, bald wieder in den Zoo zu gehen.
Schon am nächsten Sonntag sind sie wieder da. Anna läuft schnurstracks zu den Elefanten und ruft: »Pommi!«

Der kleine Elefant scheint sich tatsächlich an Anna zu erinnern. Er kommt gleich zu ihr. Anna streichelt seinen Rüssel. »Schau mal, Mama, Pommi ist schon größer geworden.«
Diesmal ist die ganze Futter-tüte nur für ihn.
»Wenn ich groß bin, werde ich Elefantenpflegerin«, erklärt Anna.
»Dann kann ich immer bei Pommi sein.«
Doch bis dahin dauert es noch so lange ...
Zum Trost macht Papa ein Foto von Anna und Pommi. »Das Foto lassen wir vergrößern und hängen es über dein Bett«, sagt er. »Und zum Geburtstag bekommst du eine Dauerkarte für den Zoo, dann kannst du deinen Freund ganz oft besuchen.«

Gummibärchen für Max

Max und seine Eltern sind im Schwimmbad. Er ist schon im Plantschbecken gewesen und ungefähr hundertmal die Rutschbahn heruntergerutscht. Jetzt liegt er auf der Decke und langweilt sich.
»Willst du auch Würstchen?«, fragt Papa.
Max schüttelt den Kopf. Würstchen-Hunger hat er keinen. Es ist mehr ein Gummibärchen-Appetit!
Mama gibt ihm Geld. Vor dem Kiosk wartet eine lange Schlange. Max stellt sich hinten an. Jetzt sind nur noch drei Leute vor ihm. Die dicke Frau kauft eine Portion Pommes.
Der junge Mann verlangt ein Schoko-Eis. Und das rothaarige Mädchen vor ihm will – eine Tüte Gummibärchen!

»Das sind die letzten«, sagt der Verkäufer. »Und was willst du?«, fragt er Max.
»Ich ... ich ... wollte auch ... Gummibärchen«, stottert Max.
»Tut mir leid«, sagt der Verkäufer. »Gummibärchen gibt es erst morgen wieder.«
Max ist enttäuscht. Mit gesenktem Kopf will er davongehen.
Da tippt ihn jemand auf die Schulter. »Warte mal.«
Max dreht sich um.
Hinter ihm steht das rothaarige Mädchen.
»Du kannst gern ein paar Gummibärchen abhaben.«
Und sie hält ihm die Tüte hin.
»Danke«, sagt Max. »Ich heiße Max. Und du?«
»Lea«, sagt das Mädchen. »Wir sitzen dort unten. Siehst du den blauen Delfin? Das ist meiner. Wollen wir mit ihm spielen?«
»Klar!«
Max und Lea spielen Delfin-Reiten und Du-kriegst-mich-nicht und Rückwärts-Rutschen und zwischendrin immer wieder Gummibärchen-Schnappen – bis es Abend wird und alle nach Hause müssen.
»Nettes Mädchen, diese Lea«, sagt Mama, als sie im Auto sitzen.
Das findet Max auch. Den ganzen Heimweg muss er an sie denken und daran, dass sie ihn zum Geburtstag eingeladen hat. Er wird bestimmt ein tolles Geschenk für sie basteln, das weiß er jetzt schon!

Eine Nacht bei Sina

Sina und Jana gehen in den Kindergarten. Sie sind dicke Freundinnen, die alles zusammen machen: Spielen, essen, turnen. Die eine kann ohne die andere nicht sein. Wenn Sina aufs Klo geht, muss Jana auch. Wenn Jana Bauchweh hat, dann jammert Sina auch bald. Und wenn der Kindergarten aus ist, können sich Jana und Sina gar nicht trennen. Manchmal geht Sina noch zu Jana. Oder Jana geht zu Sina.
Aber nachts schläft jede in ihrem eigenen Bett.

»Wann darf ich endlich mal bei Sina schlafen?«, bettelt Jana jeden Tag.
Mama telefoniert mit Sinas Mutter.
»Am Samstag«, sagt sie dann.
»Hurra!« Jana freut sich riesig.
Am Samstagvormittag fängt Jana an, ihre Sachen zu packen. Was muss alles zu Sina mit? Teddy, Schlafanzug, Zahnbürste ...
Am Abend liefert Mama Jana bei Sinas Eltern ab. »Schlaf gut.« Sie gibt Jana einen Kuss.
Nach dem Abendessen ziehen sich Sina und Jana um und putzen sich die Zähne. Jana soll auf Sinas Spielmatratze schlafen. Darauf haben die beiden Mädchen schon oft »Bei-Sina-Schla-

fen« gespielt. Sinas Vater liest ein Bilderbuch vor. Dann knipst er das Licht aus.
»Schade, dass du nicht meine Schwester bist«, sagt Sina im Dunkeln.
»Aber dann könnten wir ja nur eine Mama und einen Papa haben«, meint Jana. Sie überlegen, für welche Mama und welchen Papa sie sich entscheiden würden. Jana denkt an ihre Mama. Sie hat so große Sehnsucht nach ihr, dass sie ein bisschen weinen muss. »Schläfst du schon?«, fragt Sina. »Nein.«
»Willst du in mein Bett?« Jana krabbelt unter Sinas Decke. Zu zweit ist es schön kuschelig warm.
»Freundinnen zu sein ist auch ganz gut«, meint Sina. »Dann können wir unsere Mamas und Papas behalten.«
»Ja.« Jana lächelt, und bald schlafen die beiden ein.

Armer kranker Leo

Heißer Kopf, Schnupfennase und weher Bauch! Ach, Leo geht es so schlecht! Er liegt im Bett und hat zu nichts Lust. Er mag nichts essen, nichts trinken und er mag es nicht einmal, wenn Mama ihm eine Geschichte vorliest.

Mama weiß langsam nicht mehr, was sie machen soll. »Armer kranker Leo«, sagt sie und streichelt seinen Kopf. Und dann gibt sie Leo ein neues Taschentuch.
Da läutet es an der Tür.
Draußen steht Leos Freundin Nina.
»Ich will Leo besuchen«, sagt sie. Leo freut sich, als Nina ins Zimmer kommt.
»Armer kranker Leo«, sagt auch Nina. Dann legt sie ein Päckchen auf die Bettdecke.
Ein Geschenk. Damit er schneller gesund wird. Leo fühlt sich schon ein kleines bisschen besser. Er packt das Geschenk aus. Es ist ein Glitzerkiesel, der wie Gold glänzt.

»Den hab ich im Wald gefunden«, sagt Nina. »Bestimmt gehört er zu einem Piratenschatz. Wenn du wieder gesund bist, gehen wir ihn suchen.«
Leo nickt. Mit Nina ist es nie langweilig. Deswegen ist sie auch seine allerbeste Freundin. Mama bringt Kamillentee und Kekse für beide. »Vielleicht hast du jetzt ein wenig Appetit«, sagt sie zu Leo. Zuerst rümpft er die Nase. Aber als Nina vorschlägt, um die Wette zu trinken, macht er mit. Und gewinnt!
»Noch mal«, fordert Nina. Leo trinkt eine zweite Tasse Tee und gewinnt wieder. Er strahlt. Jetzt kann er auch endlich einen Keks essen. Nina sagt, dass es Zauberkekse sind. »Von Zauberkeksen geht nämlich das Bauchweh weg«, behauptet sie.

Leo hat tatsächlich schon fast kein Bauchweh mehr. Bestimmt ist er bald wieder gesund, dann kann er mit Nina spielen und den Piratenschatz suchen.

Omi und Johannes

Seit einiger Zeit ist Omi so fröhlich. Sie trägt eine neue Frisur und hat kaum noch Zeit für ihren Enkel Uwe.
Heute will Uwe sie besuchen.
Er hat einen Schuhkarton bunt bemalt.
Darin kann Omi ihre Fotos aufheben.
Doch als er bei Omi klingelt, will die gerade zur Tür hinaus.
Sie trägt einen Koffer in der Hand.
»Willst du verreisen?«, fragt Uwe.
»Genau, mein Schatz«, antwortet Omi. »Ich fliege gleich für zwei Wochen nach Mallorca.« Da hält ein Taxi vor dem Haus. Ein Mann steigt aus.
Er küsst Omi mitten auf den Mund. »Das ist Johannes, mein Freund«, sagt Omi. »Wir fahren zusammen in Urlaub.«
Johannes nickt.
Uwe staunt. Omi hat einen Freund?
»Zu zweit ist es viel schöner, als immer allein zu sein«, meint Omi.
»Aber du bist doch gar nicht

allein«, meint Uwe. »Du hast doch mich.«
Omi wuschelt Uwe durchs Haar. »Du bist aber nicht immer da. Vormittags gehst du in den Kindergarten, und nachts schläfst du bei Mama und Papa.«
Das stimmt. Trotzdem ist Uwe ein bisschen eifersüchtig. »Hast du mich denn noch lieb?«, fragt er.
»Na klar.« Omi gibt ihm einen Schmatz auf die Wange. »Im Urlaub werde ich ganz oft an dich denken. Und ich schreibe dir bestimmt eine Karte.«
»Wir müssen los, sonst verpassen wir unser Flugzeug«, sagt Johannes.

Uwe schaut zu, wie Omi und Johannes ins Taxi steigen. Da fällt ihm noch etwas ein. »Die Schachtel«, sagt er zu Omi. »Die hab ich extra für dich angemalt. Damit du Fotos reintun kannst. Von dir und Mallorca und – «, er schluckt, »und von Johannes.«
Omi freut sich. »Danke! Du bist lieb!«
»Nächstes Jahr können wir ja vielleicht alle zusammen in Urlaub fahren«, schlägt Johannes vor.
Dann fährt das Taxi los. Uwe schaut ihm nach. Vielleicht wird Johannes bald auch sein Freund!

Schlappi und Karlchen

Dackel Schlappi muss geimpft werden. Deshalb fahren Daniel und Mama mit ihm zur Tierärztin. Im Wartezimmer setzt sich Daniel neben ein Mädchen. Es hält einen kleinen Kater auf dem Schoß. Der Kater hat am Kopf einen Verband.
»Was ist denn mit deiner Katze passiert?«, fragt Daniel.
»Karlchen hat mit einem anderen Kater gerauft«, sagt das Mädchen. »Sein Ohr musste genäht werden.« Sie streichelt Schlappi. »Dein Hund ist aber niedlich.«
»Dein Kater auch«, sagt Daniel. Normalerweise mag er Katzen nicht so sehr. Aber Karlchen sieht so kuschelig weich aus. Als er ihn krault, fängt er an zu schnurren.
Schlappi

macht einen langen Hals. Auch Karlchen guckt Schlappi an.
»Die beiden mögen sich.« Daniels Mama lacht.
Jetzt wird das Mädchen mit ihrem Kater aufgerufen. Zusammen mit ihrer Mutter verschwindet sie im Sprechzimmer.
Als sie wiederkommt, hat Karlchen keinen Verband mehr, sondern nur noch ein Pflaster.
»Das Ohr ist gut geheilt«, sagt das Mädchen zu Daniel.
»Was fehlt denn deinem Hund?«

»Nichts«, antwortet Daniel.
»Schlappi muss nur geimpft werden.«
»Wie heißt du?«, fragt das Mädchen.
»Daniel. Und du?«

»Lisa.«
Daniel will wissen, wo Lisa wohnt. Vielleicht können sie mal zusammen mit Schlappi spazieren gehen und mit Karlchen spielen. Lisas und Daniels Mama tauschen die Adressen aus.
Dann werden Daniel und Schlappi aufgerufen. Die Tierärztin gibt dem Dackel eine Spritze. Zum Trost bekommt er danach einen Hundekeks.
»War doch gar nicht so schlimm, Schlappi«, meint Daniel. »Und wir haben Lisa und Karlchen kennengelernt. Die besuchen wir bald mal, einverstanden?«
Schlappi wedelt mit dem Schwanz.
»Du bist wirklich der klügste Hund der Welt«, sagt Daniel.

Der Kindergeburtstag

Meike ist zu Moritz' Geburtstag eingeladen. Weil schönes Wetter ist, wird im Garten gefeiert. Dort steht ein langer Tisch. Moritz ist der Geburtstagskönig. Sein Stuhl ist mit bunten Bändern geschmückt. Es gibt Kakao, leckeren Kuchen und Schokoladentorte.

Meike sitzt neben Michael. Den mag sie nicht so besonders, weil er im Kindergarten kaum etwas sagt.

Beim Essen machen sie Spiele. Zum Beispiel: Sich nicht mehr bewegen, wenn jemand »Stopp!« ruft. Oder um die Wette Torte essen.

Beim Wettessen gewinnt Meike. Jetzt sind ihre Hände ganz bekleckert. Sie fragt Moritz' Mama, wo sie sich die Hände waschen kann.

»Lauf ums Haus herum, da ist ein Gartenwasserhahn«, sagt Moritz' Mama.

Meike findet den Hahn und dreht mit aller Kraft am Griff. Endlich sprudelt Wasser aus dem Rohr. Meike hält die Hände darunter, bis sie sauber sind. Dann will sie das Wasser wieder abstellen. Aber wie herum muss sie drehen? Das Wasser läuft und läuft. Da kommt Michael.

»Ich krieg den Hahn nicht mehr zu«, jammert Meike. Michael dreht in die andere Richtung – und das Wasser hört auf zu laufen. »Danke«, sagt Meike erleichtert. Michael grinst. Eigentlich ist er ja doch ganz nett, findet Meike. Zusammen gehen sie zum Tisch zurück. Als sie nach dem Essen aus buntem Papier Fantasie-Hüte basteln, hilft Meike Michael. Es gibt Piratenhüte, Prinzessinnenhüte und Feenhüte. Aber Meikes und Michaels Hüte sind die schönsten. Michaels Hut hat lauter Federn und man kann damit bis zum Mond fliegen. Meikes Hut ist voller Zauberblumen, mit denen man sich in ein Tier verwandeln kann. »Bis morgen im Kindergarten«, sagt Meike zu Michael, als das Fest zu Ende ist. »Au ja, bis morgen«, antwortet Michael.

Quellenverzeichnis

Steinwart, Anne: *Tatz und Tiger. Allerbeste Freunde*
Illustrationen von Tina Nagel
© ellermann im Dressler Verlag GmbH, Hamburg, 2010

Rettich, Margret: *Jan und Julia im Kindergarten*
Illustrationen von Catharina Westphal
© Verlag Friedrich Oetinger GmbH, Hamburg, 2014

Klinting, Lars: *Kasimir backt*
Mit Bildern des Autors
Aus dem Schwedischen von Angelika Kutsch
© Verlag Friedrich Oetinger GmbH, Hamburg, 1997
First published by Alfabeta Bokförlag, Stockholm, Sweden